푸른사상
시선

75

고개 숙인 모든 것

박 노 식 시집

푸른사상
PRUNSASANG

푸른사상 시선 75

고개 숙인 모든 것

초판 1쇄 · 2017년 5월 25일 | 초판 3쇄 · 2021년 10월 20일

지은이 · 박노식
펴낸이 · 한봉숙
펴낸곳 · 푸른사상사

주간 · 맹문재 | 편집 · 지순이 | 교정 · 김수란
등록 · 1999년 7월 8일 제2-2876호
주소 · 경기도 파주시 회동길 337-16(서패동 470-6)
대표전화 · 031) 955-9111(2) | 팩시밀리 · 031) 955-9114
이메일 · prun21c@hanmail.net / prunsasang@naver.com
홈페이지 · http://www.prun21c.com

ISBN 979-11-308-1097-3 04810
ISBN 978-89-5640-765-4 04810 (세트)

값 8,800원

🔖 문화관광재단
이 시집은 문화체육관광부 (재)전라남도문화관광재단의 지원을 받았습니다.

고개 숙인 모든 것

시의 길목에서 허둥대며 찾은 길이 목구멍이었으므로 남들처럼 살아왔다.

밥그릇을 놓칠까 전전긍긍 하면서도 그 속에서 미치도록 그리운 것이 숨어 있어서 시의 미아처럼 떠돌던 자신을 발견한 것은 그해 겨울, 들판 한가운데 외로이 서서 눈을 맞는 한 그루 미루나무였다.

그리고 시의 문고리를 다시 잡았다.

시의 뿌리가 썩지 않도록 나를 이끈 것은 외조모의 사랑이었다.

첫 시집이다.

이 시집을 구름 속으로 들어가신 외조모께 바친다.

날 것 같다.

2017년 봄
박 노 식

| 차례 |

■ 시인의 말

제1부

13　　빈집

14　　고개 숙인 모든 것

16　　폭우

18　　부부이발소

20　　뭉클한 순간

21　　모과나무 여자

22　　귀가 1

23　　채송화

24　　뒤란

25　　거미

26　　목련

27　　노랑나비

28　　헐거워진 단춧구멍

30　　젖은 신발 한 짝

32　　사진 한 장

34　　계단을 오르내릴 때

제2부

39   가장자리

40   꽃잎 몇 장

42   귀가 2

43   월동

44   폭설 지난 후

45   기운 나무

46   양철 지붕

47   외딴 밤길을 걷다가

48   무거운 아침

49   고요

50   그늘

51   거처(居處)

52   동가리 가는 길

53   산막에서 1

54   산막에서 2

제3부

57 물웅덩이

58 화순 장날

60 쓸쓸한 저녁 거리

62 대추나무

64 한 그루 소나무

66 우수(雨水)

67 향(香)

68 봄 향기

69 잔인한, 그러나 신성한 봄

70 소쩍새

71 수수 이삭

72 가을 저녁

73 백로(白露)

74 죄스러워서

75 가족

제4부

79   시선

80   귀소(歸巢)

81   노랑할미새

82   백합 단상

83   습관

84   송곳 같은 그날

85   손등

86   화분

87   목탁

88   시인과 미륵불

90   나의 고향, 망월동

92   시인의 서재에서

94   백양사에서

96   푸른 나무들

97   작품 해설 고요의 시학 – 맹문재

제1부

빈집

한 뼘쯤 대문이 열려 있다

감나무 그늘 안은 고요하고
현관문 앞에서 고양이는 빗자루처럼 누워 있고
빈 먹이통엔 개미 떼 소란스럽다

우체부는 몇 통의 안부를 내려놓고 우물가로 간다

호스의 물이 뜨듯하다

고개 숙인 모든 것

조용한 아침인데,

버스 승강장 간이 의자에 가위다리로 걸터앉은 한 여인이
제 발끝을 오래 내려다보는 것을 스쳐 가며 보았다. 흰 발목
보다 슬픈 목덜미가 먼저 내 가슴으로 달려드는 순간에 간밤
의 꿈이 떠올랐지만 백미러가 사라질 때까지 그녀는 고개를
꺾은 채 휘인 나무처럼 굳어 있었다.

이건 그리움이 아니라 절규다, 라고
내가 악몽 끝에 외치는 것은
산비탈에 뿌리내린 보리수나무 열매들이
허공에 물구나무 선 채로 몸서리치다가
죄다 투신해버리는
임종을 보았기 때문이다

담양 장날, 서 있는 상인보다 앉아서 졸고 있는 노파들을
보면 내 목이 먼저 꺾인다

고개 숙인 모든 것들이 나에겐 절규다

담벼락의 나팔꽃, 뙤약볕의 고춧대, 태풍 지난 개암나무 가지, 울타리 밖 단감나무, 적설을 머리에 인 노송……

조용한 아침인데
그 여인은 어디로 흘러갔을까?

폭우

1

몹시 서러웠는지 비가 오다가다 그치지 않아서
종일 처마 그늘에서 우두커니 젖는다

한 번 크게 울어 속엣것 다 토할 때는
풀과 나뭇잎이 진저리를 치며 눕고 다신 일어나지 못했다

2

바람이 다녀가기 전에는
잠시 흐느끼거나 훌쩍이거나 울먹이거나 수줍어서 고인물
만 적시다가
다시 견딜 수 없는 설움이 밀려오고 바람이 끌려와서
외딴 나무들은 죄다 또 외로워서 쓰러진다

3

먼저 와서 뒤에 오는 설움을 달래는지 나뭇잎은 간간이 젖
고 간혹 새들이 숲으로 든다

4

오래 운 만큼 부끄러워서 이젠 큰 나무 뒤로 숨었구나 싶
어 서너 걸음 떼는데 앞산이 운다

어떤 설움이 한꺼번에 당도했는지 산정의 나무들은 일시
에 통곡하듯 한 방향으로 무너진다

5

잠시 깃든 처마 밑을 망명처로 삼고 한 그루 소나무로 오
래 서서 앓는다

부부이발소

제때에 배달된 짬뽕 두 그릇
뜨건 열이 들어 올린 풍선 같은 크린랩이
어느덧 지치고 늘어져 흐물흐물하다
머리칼이 정갈한 이발사는
거울 속에서 분주히 가위질을 해대고
마른 면발 두어 가닥이 방금 지나간 듯
그의 이맛살이 눈부시게 깊다
앞선 손님의 면도를 마친 여자는
쏟았던 신경을 조금씩 풀어가며
손님의 머리를 감겨준다
그동안 지문이 닳아서 미끌미끌해진
열 손가락이 두피에 닿을 때마다 따뜻하다
한 시간을 조금 넘긴 후에야
앞의 세 손님이 사라지고
이발소엔 고요가 찾아온다
이제 내가 문을 열고 나가려는데
구석진 의자에서 수면을 취하던 한 손님의
코고는 소리가 느닷없이 귓전을 울린다

부부에겐 피로를 덜어낼 시간마저 주어지지 않는 것이다
골목 어귀를 돌아 담장 밑을 걸어가는데
늦은 봉숭아 꽃잎 두어 장만 남아 떨고 있다
부부의 늦은 점심을 떠올리니
발걸음이 제대로 나아가질 않는다
불어서 이미 통통해진 면발만큼이나
그들의 행복도 통통하리라

뭉클한 순간

정오 무렵

아파트 키 큰 느티나무 그림자는 멀리 달아나

시멘트 주차장은 이글거리고

집게로 담배꽁초를 줍던

경비 아저씨,

뜨건 승용차 사이에 숨어서

잠시 아이스크림 한입 베어 무는데

나는 들킬까 봐

차창 안에서 몰래 보았다

아마도 저 아이스크림 다 사라질 때까지 기다렸다간

내가 힘들 거 같아

차창을 슬며시 내렸지만

죄스러워서

시동도 못 걸고 앉아서

뙤약볕에 숨 넘어가는 굼벵이처럼

그만 고갤 떨구고 말았다

모과나무 여자

모과나무 한 그루가 외딴 길 옆에 서 있다
어제 종일 비를 맞아 무거워진 몸에
오늘 아침은 연분홍 꽃망울을 유두처럼 달았다

누구는 신기한 표정으로 들여다보는데 그는 아직 봄을 모
르는 서생(書生)이다

가을이 오기까지 고단한 몸으로 대지를 적시고
머지않아 마른하늘을 주먹으로 두들겨 패는
천둥 같은 모과가
지상의 욕망을 잠재우며 돌아가리라

모과나무 아래를 초로(初老)의 한 여자가 지나간다

그녀의 얼굴에서
연분홍 유두와
청춘의 하혈과
천둥 같은 모과를 읽는다

귀가 1

오래 울어서 한쪽 어깨가 기운 여자는 고무 대야를 머리에
이고 돌아간다

갈칫물이 떨어져 슬픈 등이 젖고 소맷귀는 닳았다
팔을 저어도 성큼 나아가지 않으니 대야 가득 근심이 쌓였다

시외버스 간이 승강장 밖 귀퉁이에 쪼그리고 앉아
간혹 마른 도마 위에 갈치를 토막 낼 때는 얼굴빛이 채송
화처럼 달아올랐다

땅거미 내리는 도동고개*를 오르고 또 안산고개**에 이르
는 길은 멀어서 등줄기에 식은땀이 흐르고 소쩍새는 울었다

젊은 어미는 비릿한 소맷자락으로 눈가를 찍어가며 마을
이 내려다보이는 안산고개에 이르러 부뚜막의 수저를 한참
세었다

* 광주시 북구 각화동 광주교도소에서 시작하여 담양 방향으로 나아
  가는 고개
** 광주시 북구 장등마을로 들어가는 고개

채송화

외할머니의 시렁은 작고 어두워 간혹 집왕거미가 내려와
머물다 가곤 했는데
저녁이면 항아리에 고인 빗물이 고요히 가라앉는 소리를
들으며 귀가 밝아졌다

이른 아침 부엌은 또 비어서 장독대 채송화만 바라보다가
산 너머 범바우골에서 호미 긁는 외할머니의 한숨 소리가
귀에 가득 차오를 때면 굳게 다문 채송화의 여린 입술을 매
만지며 나의 침묵도 시작되었다

어느 날 뙤약볕을 달려와 빈집에 이르니 텃밭 울타리의 나
팔꽃은 시들고 뜨건 장독대 아래 조용한 채송화만 남아서 나
를 반겨주었다

뒤란

외조모는 홀로 김을 매고 지게를 지고 외양간을 보살피느라 마흔 무렵에 허리가 휘었다

큰 눈 깊숙이 그늘이 들어앉아 한낮의 햇빛이 다녀가도 그대로여서 내 유년의 눈빛도 그 안에서 일찍 철이 들었다

뒤란의 사철나무 울타리와 길게 누운 간짓대는 처마 밑에서 늘 외로웠고 저물녘엔 나의 작은 발자국만 일없이 다녀갔다

어느 외딴 농가의 뒤란이 낯익고 서글퍼서 잠시 발을 멈추는데 울타리 사이로 내려앉은 한 줌 이끼가 나의 눈을 채운다

거미

처마 밑,

거미는 그늘과 햇볕과 낮과 밤을 잇고 공중을 오가며 길을

만든다

노모는 굽은 허리를 펴고 서서 걸어가는 거미를 보는데

싸리나무 빗자루가 허공을 몇 번 지나가버렸다

어느 해의 내 집에 고요한 날이 있어서

거미는

집을 짓고

쌀을 안치고

빨래를 하고

아이에게 젖을 물릴 것인가

목련

목련을 보고
병실로 들어선다

누이의 얼굴은 헬쑥하고 볼은 오목하다

정오의 햇살이 하나뿐인 창을 내리쬐어서
침상 머리맡의 베개는 더욱 하얘진다

간호사가 병실 문을 단숨에 나가버리니
목련이 그립다

노랑나비

어제 그와 눈을 마주치고 오늘 오후엔 노랑나비 두 마리가
마당을 지나갔다

비 들기 전의 아카시아 앳된 잎이 뒤척이듯 출렁거리며 흘
러갔는데
나의 수심도 지나가고 흘러가서,

오늘 밤엔 별자리가 편안할 것이므로 서둘러 눈을 감는다

헐거워진 단춧구멍

야간 강의를 마치고
버스 승강장으로 걸어간다
어제 내리던 눈은 그치고
보도블록의 잔가지들
귀에 밟히는 소리가 사뭇 아프다

손이 시려서
가방끈을 바꿔 드는데
해진 개량 한복 상의
밤톨만 한 검은 단추가 튀어나온다

오래 매만져 칠이 벗겨지고
가로등 아래 서면 쓸쓸히 빛나는 것이
몇 걸음 나아갈 때마다
힘없는 단춧구멍을 견딜 수 없다는 듯
자꾸 미끄러져 나온다

바람이 앞을 막아서는 늦은 귀갓길

가슴을 여밀 수 없을 만큼
헐거워진 단춧구멍이
나를 그냥 밀고 나가는 겨울 밤

고단한 단춧구멍이여
쓸쓸한 나의 생이여

젖은 신발 한 짝

아파트 야간 경비를 마치고
귀가를 서두를 때면
발바닥이 욱신거리고
눈동자가 자주 풀린다

잠시 물웅덩이 가장자리를 디뎠을 뿐인데
걸음마다 신발 앞코에 거품이 일고
젖은 양말 속에서 다섯 발가락이 바둥거린다
온몸이 축축해진다

안쓰러운 신발 한 짝을 창틀에 세워둔 채
서툰 잠을 청하고
자다 깨다 눈을 떴다
오후의 가을 햇살이
어느새 신발의 수분을 날려버렸는지 푸석하다

어두운 신발 속
그 안을 한참 들여다보니

노스님이 잠깐 탁발 나간 듯
퇴락한 절간처럼 쓸쓸하다

빈한한 일가를 감당해온 나의 신발
투정도 없이 야위어가는 유물 앞에서
나는 철없는 아이같이 쭈그리고 앉아
아직도 무언가를 바라는 것인가

사진 한 장

사진 한 장을 꺼내어
오디나무 그늘 아래로 간다

그의 얼굴은 부풀었고
눈은 물기가 가득하고
온몸엔 비늘처럼 금이 갔다

한 손은
구부정한 나의 어깨에 얹었으나
한 손은 바지 주머니에서 시가 익어가는지
주먹을 쥐었다

어쩐 일로 시가 그에게 찾아갔는지
어떻게 시가 그를 괴롭혔는지

나는
한 손을
오디나무 가지 위에 얹으며

그의 지난 시들에게 물었고

한 손은

바지주머니에 찔러 넣은 채 주먹을 쥐었다

그리고 오래 서서

어제의 시가 익어가기를 기다렸다

계단을 오르내릴 때

– 벗, 흥배를 기리며

계단을 보면 울컥해진다
아니, 가슴이 아려온다

유쾌하지 않은 자리에
간혹 호출을 받고 나갈 때
낯선 이를 소개받고
메모장에 기록을 하고
지하 수렁에서 알코올로 몸을 적시고
비틀거리는 동석자(同席者)를 부축하고
눈치껏 자리를 뜬 직장 후배를 위로하고
술값 시비에 응당 앞장서면서
때론 고향 벗들에게 안부 전화를 하고
삐걱거리는 서른다섯 계단을 오르다가
혼자 끙끙대며
손잡이도 없는 어둔 벽을
손톱으로 할퀴며 기어오르다가
환한 출구에서 망막이 부서지고
고개를 가로저어 쏘는 불빛을 떨치다가

한 발을 딛는 순간
마지막 한 발이 지상에 닿으려는 순간,

지하로 내려가는 검은 연못,
서러운 서른다섯 돌계단을
물먹은 솔방울처럼 굴러버린
지금은 만날 수 없는
열아홉 송이의 슬픈 연꽃이여!

제2부

가장자리

오디나무도 백합나무도 대숲도 눈을 맞는다

바람 불자 나뭇가지에 얹혔던 눈들이 멀리 날아간다

쌓인 눈이 무거운 대나무는 더욱 기울고 이마가 땅에 닿았다

한 그루 대나무를 오래 바라보는 나의 허리도 휜다

꽃잎 몇 장

허리를 숙여서

담장 아래 봉숭아 꽃잎을 줍는다

두 손가락 끝은 물들고

한 손바닥은 붉다

꽃잎이 떨어지지 않게 손을 오므리고

서너 걸음 돌아서서 걷는다

손금마다 그새 붉은 길이 패었는지 간지럽다

오래 볼수록

눈이 어지럽고

얼굴은 화끈거려도

손을 꼬옥 쥐어 꽃잎을 감출 수 없는 것은

내가 어둡기 때문이다

흰 종이 위에 꽃잎을 내려놓고 들여다보는데

맑은 코피가 떨어졌는지

꽃잎이 앉은 자리마다 불그스름하게 울고

창과 벽과 천장과 어둔 구석,

눈을 주는 모든 곳이 환해진다

잠깐이지만

나는 이토록 방 안에서 황홀을 즐겼으나

밖으로 나와보니

천지가 어둡다

불과 열두서너 장 꽃잎을 거둬들인 것뿐인데

나의 죄가 컸구나

귀가 2

밖에서 누굴 만나고 들어가는 날은 착잡하여 비라도 내렸으면 한다

오랜만인데, 한결같이 건조한 눈빛들이어서 풀 한 포기 깃들겠나 싶어 마지못해 손을 쥐어도 금세 미끄러진다

누구는 나의 손바닥에서 옹이가 박힌 걸 느꼈는지 분필은 그만뒀나 묻기에, 흙을 만지며 산다네 답하니, 표정 없이 날름 무리 속으로 들어가버린다

벌목한 산의 외톨이 나무같이 서서 저녁을 맞는 꼴이다

차창 밖으로 흘러가는 배롱나무 가로수 붉은 꽃잎에 땅거미가 내려서 내 눈이 젖는다

군내 버스 종점의 보안등에 날벌레 떼 날고 홀로 어둔 길을 들어가는데 들깻잎은 수런대고 한참 느릿느릿 걸어서 고추밭을 지날 즈음 목덜미가 축축해진다

월동

눈 그친 옛새 후에야 한 이랑의 마늘밭엔 푸른 잎들이 줄
지어 얼굴을 내밀었다
　그사이 잎은 선명하고 몸통은 야물어졌다

　뿌리는 아직 잔설에 묻힌 채 시린 흙을 움켜쥐고 더 깊이
내려갔을 것이다

폭설 지난 후

폭설로 한 마을이 묻히는 동안 파란만장한 생이 떠올라서 그날 밤은 뜬눈으로 보냈다

사흘 지난 정오 무렵에야 담 아래 물방울이 떨어진다

그사이 산새들이 자유로워져서 앞집 감나무 가지로 몰려가 제각기 부리를 쪼고 비빈다
어느 덤불과 처마 밑과 산울타리 안에 거처를 두고 빈집을 드나들었는지 쾡한 눈이 비었다

간밤에 서성이던 나의 발자국 위로 얄은 물이 고였지만 하나는 깊이 패어서 흥건하다

기운 나무

고달파서 산비탈에 정을 두었으니 기운 나무는 뿌리의 반이 밖에서 헐고 문드러졌다

눈이 내려 기운 몸이 더 눕고 제 몸을 지탱하느라 남은 뿌리의 반은 언 땅에서 더욱 앓는다

휘인 등의 안쪽은 오목하게 주름이 접혀서 눌렸는데 볼록한 등은 살이 터졌다

기댈 이웃 하나 없이 오래 버티고 견뎌서 나뭇가지는 죄다 속이 단단하다

산에서 내려가는 길을 가로막아 한 발을 뗄 수 없으므로 나는 돌아간다

양철 지붕

깡통같이 일그러진 선술집에서
홀로 낮술에 젖는다

주모의 얼굴은 서너 장의 깻잎이 내려앉았다
행인들은 걸음을 재촉하고
주막거리의 노간주나무 가지엔 그늘이 내린다

나의 어깨 위로
푸시킨의 시(詩) 한 소절이 박혀 있다

발목을 훑고 가는 스산한 바람

주모는 출입문을 닫고 불을 켠다
앙상한 주모의 어깨 너머로
어머니의 얼굴이 떠돈다

빗방울이 떨어지는지 주막 양철 지붕이 운다
내 유년 시절 단칸방의 양철 지붕도 울고 있을 것이다

외딴 밤길을 걷다가

처서 들기 전인데
풀벌레는 쫓겨 오는 아이처럼 숨이 가쁘다

사연 없는 목청은 언제나 가까이서 운다

외딴 밤길을 걷다가
탱자나무 숲 울타리 가시에 마음이 긁히었다

혼자 깊이 숨어서
가시 그물에 오래 갇힌 고양이같이 웅크리고 앉아서
우는 나를 보았다

무거운 아침

안개가 이동하기까지 공복의 풀벌레들은 납작 숨어서 나오지 않는다

습한 병실의 가족처럼 슬픈 표정이어서 만질 수가 없는데 더욱이 손바닥을 비벼 서늘한 거처를 데울 수 있으랴

유난히 등이 휜 어미는 야위었고 새끼는 멀찌감치 손톱만 한 풀잎 아래 누워 있다

나의 작은 한 뼘이 어미와 새끼의 거리를 잇지 못하는, 마음이 멀어 닿을 수 없는 무거운 아침이다

오래 앉아서 침묵이 흘러가는 동안 나의 등줄기도 그새 야위었다

고요

노모는 나의 방문을 열어 놓은 채 오후 마실을 나갔다
마당을 거닐 수 없는 나는 문지방에 앉아 앞산을 본다

산중턱의 훤칠한 백합나무 한 그루는 치맛자락이 붉고 가
슴은 누렇게 익어서 초록의 머릿결만 남았다

나도 가을 나무처럼 우두커니 서서 먼 산정과 들녘의 까마
귀 떼와 작은 마을의 외론 처마 밑에 정을 두고 싶어서 일어
서려다 주저앉고 말았다

그늘이 빠져나간 잡풀들은 들뜨고 말라서 틈이 벌어졌다
그 새를 비집고 가을의 고요가 먼저 내려와 눕는데 내가
서운했다

그늘

종일 햇볕이 머문 지붕은 그늘이 들면서 앓는다

어떤 큰 울음이 숨어 있다가 총총히 달아나는지
천장 구석과 마른 나무 기둥이 울리고
처마 밑은 쓸쓸하고
나는 어두워가는 방 안에 갇혀 그 소리를 헤아린다

그늘이 온다는 것
누구도 모르게 찾아와서 슬프게 한다는 것

먼저 지나간 사람들의 어깨가 왜 검불처럼 가벼워졌는가를
나는 한 평 골방에서 귀를 누이며 듣는다

그늘을 지고 늦은 들녘에서 돌아와 자리에 누운
이웃 촌부의 방 안도 앓고 있는 것이다

거처(居處)

해마다 떨군 열매들이 그늘 안에서 속이 비고 삭았다
큰 가지는 오래 휘어서 굳었고 잔가지는 칭얼댄다

한 사람이 오동나무 설운 거처를 지나가려다 발을 멈춘다

동가리* 가는 길

가는 길이 깊어서
뒤통수에 별이 붙는 줄도 몰랐다

잠시 차에서 내려
고개를 들고 한 바퀴 둘러보니
내 검은 눈이 환해졌다

나의 눈망울도
저 가운데 하나쯤 외로이 박혀서 못 내려왔으면,
빌었다

* 화순군 한천면 영외(營外)에 속한 마을

산막에서 1

외길인데, 여러 굽이를 돌아서 들어오는 길과 또 나가는
길을 본다

한 사람이 들어와서 그 길을 지우지 않으면 산정에 올라서
도 바삐 내려갈 것이고, 어둠을 두 눈이 밝히지 않으면 스스
로 두려워서 밤을 새울 것이다

신발을 벗어 처마 끝 풍경으로 울어야 산막의 외로움을
안다

들어오는 이의 걸음은 빠르고 얼굴엔 사색이 없어서 눈이
가지 않지만
떠나가는 이의 걸음은 느리고 등은 굽어서 그나마 눈을 거
두지 못한다

산막에서 2

키 큰 오디나무는 서둘러 그늘을 내린다

단단한 부리를 가진 산새 몇이 가지를 흔들고 떠나면
그늘 아래, 아기 발자국만 한 산새들이 모여든다

산정 위의 해는 홍시처럼 풀이 죽어 떨어지는 게 가엾다

찾아오는 이가 없어 쓸쓸해진 산막에서 나의 귀는 비었다

쓰르라미와 귀뚜라미와 여치와 나의 숨소리가 창가에 형
제같이 누워서 지금쯤 외론 얼굴로 올라오고 있을 달을 기다
린다

제3부

물웅덩이

동틀 무렵,
누군가 또 먼 길을 나서는지
뒤란 대숲에서 굴뚝새 소리 심란하다

모후산(母后山)* 너머 비구름은
나의 머리 위를 흘러가고
마을 어귀 버드나무 숲이 훌쩍일 때
뜰 앞의 맨드라미는 온통 비를 맞는다

빗물은 몇 개의 고랑을 긋는다

내가 무심히 서 있는 처마 밑엔
어느새 물웅덩이 하나가 생겨서
고인 물이 나갔다 들어오고
나는 다시 쓸어내고
물은 다시 들어오고

떠나지 못한 아픈 기억들이 물웅덩이를 가득 메운다

* 전남 화순군과 순천시의 경계에 있는 산

화순 장날

저만치, 장터 밖 외진 입구에
노파는 홀로 앉아 있다

질긴 고사리와 쭈글쭈글한 대추를 만지작거리며
눈은 자꾸 장터 안으로 향한다

서로 눈을 마주 보며
푸성귀 한 줌 흥정할 거리도 아니지만
인파에 밀려가는
나의 무릎이 아팠다

밖에서 마음 다치고 들어오는 날은
왠지 방 안이 낯설어
습관처럼 자꾸
빈 서랍만 열어본다

서랍 안이 고요해서
반질한 손잡이를 끌어당기면

대추도 아닌

고사리도 아닌

노파의 설운 손등이 눈을 가렸다

쓸쓸한 저녁 거리

한빛약국 앞에서
좌판을 벌여놓고
공복의 까마귀처럼 졸고 있는
팔순 노파

낡은 파라솔 그늘엔
한 소쿠리의 밤과
플라스틱 바구니에 담긴 토란만이
행인의 눈길을 주워 담는다

어느 유명한 화가의 손끝마저 비켜 간
무정한 가을의 저녁 거리를
나는 마음에 그린다

멀리 달려오는 자동차의 전조등은 뜨겁고
앙상한 은행나무 가로수는 줄 지어 안부를 묻건만
수심이 가득한 밤과 토란의 눈망울은

어떤 그리움도 호명하지 않는다

까마귀는 외롭고
거리의 인파도 꼬리를 감추었다

나의 피로한 동공 속으로
안산(案山)의 외할머니가 성큼 들어와
지금 쓸쓸한 저녁을 주무시는 중이다

대추나무

그녀의 눈동자는 조심스러워서
촉촉한 아침 봉숭아 꽃잎이 숨었다

가파른 골목길을 오르내리며
콩나물시루를 머리에 인 때가 서른 무렵이고
목포역 광장이 한눈에 들어오는 달성대서소 앞 인도가
그녀의 식솔들을 거느렸다

황소의 울음으로 종일 명창을 꿈꾸던
우직한 대추나무가 덜컹 무너지자
콩나물 대가리같이 고개 숙인 어린 눈빛들이
그녀의 좌판을 맴돌았다

유달산의 무정한 안개를 탓할 일도 아니지만
그녀가 그 늪을 야무지게 헤엄쳐 나오기까지
달동네 뒤란 다섯 그루의 대추나무는
그새 슬레이트 지붕을 덮었다

눈빛과 걸음걸이가 닮아서
제법 토실토실해진 풋대추 열한 알을 쥐고
한 손은 키 큰 대추나무에게 맡긴 채
그녀는 해남 월호리 그 양반에게로 갔다

앉아서 먼 참깨 밭에 눈을 주는데
그때 뿌리내린 대추나무가
푸른 산정보다 높이 올라가는 게 보였다

속으로 우는 여자는 내려갈 줄 모르고
홀로 오십 성상을 흘러왔으니
이제라도 당신의 대추나무로 함께 서서
남은 세월을 풀고자 떼를 쓰는 것이었다

한 그루 소나무

비탈진 산길에서
미끄러지는 나를 지탱해준
한 그루 소나무

잠시 그의 몸통을 붙잡고 매달렸을 뿐인데
발아래 낭떠러지,
허공에 뜬 나의 몸은 왜 이리 편안한가

짧은 순간에도
지상에 남겨둔 숱한 사연과
얼굴들이 지나가고……

온몸의 진이 빠져나가는
허깨비 같은 나를
그는 놓아주지 않는다

밖으로 흘러나온 그의 진액이
스스로 두꺼운 생을 이루었으므로

그를 붙든 나의 두 손바닥은 뜨겁고,

정녕 오래 매달리고 싶어서
나는 눈을 감아버렸다

우수(雨水)

우물가 고무 대야는 빛이 바랬다

겨우내 빗물이 고이고 바람이 머물면서 대야 안은 얼음이
가득하다

오늘 아침에는 대추나무 가지 긴 그림자가 내려오고 정오
무렵에는 얼음이 녹았는데 대야에 찬 투명한 물빛이 나의 얼
굴을 비추었다

늦은 오후에 한 이웃이 봄동 두 포기를 들고 왔다

누렇고 푸른 잎을 뜯어 물에 담그고 헹구는데 아직도 두
손이 시리다

우수가 며칠 남았다

향(香)

쑥갓을 꺾는 사이 한 마리 산새가 지나갔고 오래지 않아 대숲이 소란스러웠다

손톱 밑은 연한 쑥물이 들어 그늘처럼 퍼진다

고개를 들면 눈 안이 쑥 향으로 가득 차서 모든 것들이 푸르스름하게 번지고 풀어진다

한 이랑의 쑥갓을 꺾어 쥐고 먼 산을 바라보는 저물녘엔 지난 구름마저 향이 돈다

봄 향기

장독대에 햇볕이 가득 차서 눈이 따갑다

수분이 달아난 독아지 뚜껑은 한결 가볍고 그 위에 몇 줌 호박씨를 말리는 사이에 산새들이 수없이 다녀가서 여기저기 콩알만큼 비었다

고무신 속엔 봄이 가득 들어와 걸음마다 발바닥이 간지럽다

지나가는 바람보다 이웃 노부부의 두엄 더미가 더 들떠서 구린내가 봄 향기같이 올라온다

잔인한, 그러나 신성한 봄

비 내리는 소리에 창문을 연다

감나무 가지가 비를 맞고 있는 앞집은 주인이 없다
노인은 한 달 전 안산(案山)에 들었는데 감나무 한 그루만
등을 굽히고 노인을 배웅했을 뿐이다

삼월이 가고 사월이 찾아왔으니 지상의 꽃잎들 스스로 문
을 연다

머지않아 이 비 그칠 때,
즐비한 벚꽃들 먼저 돌아가고 앞집 감나무 가지엔 연둣빛
새순이 올라올 것이다

잔인한, 그러나 신성한 봄이다

소쩍새

나의 달팽이관 속에다 둥지를 틀고 여름내 드나들던 소쩍
새는 목이 쉬었다

달의 행로를 따라 나의 눈빛이 켜졌다 감기는 동안 이마에
깊은 주름을 그어가며 별들은 또 총총히 박혔다 떠나고,

어느새 마당에는 풀벌레 소리가 깔렸다

오래 정들어서 내가 굴참나무 구멍에 세 든 것같이 소쩍새
를 들여와 한쪽 귀에 앉히는데 자꾸 밀리어간다

다른 한쪽 귀에 아직 고단한 소리가 남아 있을 것이므로
울음이 흘러가지 않게 모로 누워서 깊은 잠에 빠지리라

수수 이삭

비 맞는 수수 이삭은 붉은 망 속에서 잠이 들었다
긴 목이 울다 지쳐 고개가 절로 떨궈졌다

다신 못 볼 것 같아 조용히 돌아와 들여다보는데
얼굴 가득 수심이 고였다

알알이 수수의 눈동자에 눈을 맞추어가며 나의 눈망울도
붉어졌다

종일 비가 내려서 마음이 아프다

가을 저녁

가까운 산이 달아날 즈음 먼 산은 이미 지워져서 별 서넛
이 곧장 튀어나올 것 같다

산 아래 작은 마을이 항아리 안에 내려앉은 우물같이 고요
하다

주먹을 쥐고 펴면 고단한 소리가 난다
오늘 하루가 빠져나가서 손금이 가볍다

빈 깻대는 한낮에 잠시 비워둔 몸속으로 저녁을 들여와 마
디마다 습이 고였다

백로(白露)

마당의 오디나무 가지는 이슬 맞고 햇볕이 다녀가서 삭았다

만져서 부서진 것은 안을 비웠고 당겨서 부러진 것은 속이 썩었다

눈이 맑아져 빈 하늘만 들어오고 밝은 귀에는 풀벌레 소리가 찬다

거친 손등은 차츰 찬 그늘이 덮이더니 야위어간다

안이 빈 사람이 드물어서 올 가을도 외로울까 싶다

죄스러워서

지난 가을 파종한 양파가 깊숙이 안착했는지 제법 대가 굵고 꼿꼿이 올라와 한시름 놓았다

겨우내 여러 이웃이 지나가며 염려하였지만 때가 되어 서리가 내리고 눈이 쌓이고 바람과 햇빛이 다녀가서 고마웠다

다만 어린 양파를 믿지 못해 걱정했던 것이 죄스러울 뿐이다

가족

서리가 내려 한 이랑의 어린 봄동들이 모두 고개를 숙였다
연둣빛 잎사귀마다 비늘이 돋아 시리다

마당가에서 서릿발 서걱대는 소리 들려오고 부산한 걸음
으로 한 무리의 산새들이 텃밭으로 간다

언 땅이 풀리기까지 하늘이 단숨에 햇빛 한 줌 던져줄 리
없으므로 죄다 고개를 주억거리며 이동하여도 부리는 비었다

서둘러 한 종지 다순 물을 부어 봄동을 녹여도 새끼들 목
젖을 달랠 수 없으니 나의 양식을 뿌려서 멀리 배웅하는데
까치 떼가 몰려와 점점이 흩어져버린다

이른 아침 적막 속에서 공복의 한 가족을 눈에 넣고 종일
곯았다

제4부

시선

오후의 햇살이 투명해져서 먼 산이 가깝고
무릎을 일으키면 산이 통째 뽑히어 안길 것 같다

동구 밖 은사시나무는 먼 산보다 키가 커서 자주 우는지
눈을 줄 적마다 흔들리고 흰다
오래 건너다볼수록 수천 개의 이파리들이 팔랑거리며 나
를 호명하는데 나의 눈도 부셔서 어느덧 눈가가 마른다

먼 이는 눈을 감아야 들어오고 가까운 이는 눈을 주어서
달랜다

귀소(歸巢)

먼 산등성이엔 아직 석양이 남았는데 산 아래 나의 눈은
금세 어두워진다

그늘 가까이 거처를 두었으므로 먼저 땅거미가 내렸지만
돌아오는 새 떼들을 보며 위안을 삼는다

빈 들판이 야속해서 어느 민가를 드나들며 하루의 부리를
빌었는지
겨우 끼니를 때우고 눈치를 보고 서로를 챙기며 종종걸음
으로 쫓겨났는지
두리번거리는 고갯짓은 얼마나 많은 고을을 돌아다니며
절로 생겨난 버릇인지

한 무리의 새 떼들이 서너 이랑의 텃밭으로 내려와 솎은
봄동과 굴러온 삭정이에 부리를 대고 덤불 사이로 사라진다

노랑할미새

추분 아침에 비가 와서 평상에 걸터앉았다

가진 건 텃밭뿐이어서 한 이랑의 배추와 두 이랑의 무와 또 한 이랑의 쪽파를 번갈아 본다

옆집 젊은 부부는 어제 선산(先山)의 밤을 털다가 남편의 눈두덩에 가시가 박혔다

이웃 할매는 고추를 널고 새벽 장터로 떠났는데 나는 달려가 반질한 붉은 고추를 대바구니에 주워 담았다

돌아와 보니 마당 한편에 앉은 한 마리 노랑할미새가 빗속에서 꽁지를 흔들어댄다

나는 담벼락에 숨어서 오래 보았다

백합 단상

종일 백합과 눈 맞추며 놀았습니다

먼 산정에 눈을 주는데 거기까지 그가 따라와 산이 온통 하얬습니다

나도 나의 눈 속에서 흰 얼굴이 되어 고개를 숙였습니다

저녁 무렵 시장통에서 만난 선배와 동갑내기 시인에게 백합 얘길 하였더니, 모두 조용히 고개를 끄덕이고 잠시 사색에 잠기고……

옆자리에서 우연히 마주친 한 선배에게 역시 백합 얘길 들려줬더니, 그는 나를 거짓말쟁이로 포장하고 나와 눈을 마주치지 못하길래 어쩐지 그의 얼굴이 돈다발처럼 느껴져서 두 눈을 껌벅거려 빈 병 속으로 길게 구겨 넣었습니다

밖으로 나오니 나의 눈이 다시 맑아졌습니다

습관

숲은 우거지고 긴 나뭇가지 끝, 한 마리 산새는 등을 보이고 앉았다

서로 눈을 마주칠 리 없으므로 나는 쪼그리고 앉아 올려다보는데

한순간에 몸을 돌려 이쪽으로 눈을 주듯 움직이지 않으니 가슴이 철렁하였다

오래 들여다보고 싶어서 마음을 내려놓을 새도 없이 마른 침만 삼키는 나는 불안하고, 지나가는 바람이 숲을 흔들어도 다행히 산새는 그늘 안에서 어떤 사색에 잠겨 눈만 껌벅이는지 나도 따라 껌벅거렸다

오금이 저려도 참았으나 부질없는 습관처럼 삭정이를 주워 맨바닥에 몇 자 적는 사이에 산새는 가고 없다

그것이 시였는지 성찰이었는지 공연한 생각들이 자주 머릿속을 드나들어서 나는 또 벗 하나를 잃고 말았다.

송곳 같은 그날

　한 그루 느티나무가 서 있는 시골 주막 뒤뜰에서 흰 개 한
마리가 두 발을 쭈욱 뻗고 턱을 괴고 눈을 감은 채 오수(午睡)
를 즐기는 포즈가 오싹하여 술맛이 달아날 지경인데 더욱이
4월 하순의 싱그러운 바람을 온몸으로 즐기고 있으니 법명
하나쯤 가질 만한 견공이라 여겨 나도 수령(樹齡) 120년 느티
나무 연초록 그늘 안에서 오랫동안 벗어나질 못하고 눈만 껌
벅거리다가 견공 앞에서 대낮의 뻘건 얼굴이 부끄러워 술벗
하나를 버리고 부리나케 주막을 뛰쳐나오고 말았다

손등

바지 주머니에서 한 손을 꺼내는 동안 손등의 잔주름이 여럿 지나가버렸다

이마와 목덜미와 눈가의 주름보다 더 싸늘하여 자주 주머니에 손을 넣어도 나를 감출 수 없으므로 굳이 뜰 앞의 오디나무 삭정이를 주워서 가지 끝에 닿게 한들 지난 길이 지워지랴

눈이 껄끄러워 손등으로 비비는 날이 잦아져서 눈을 뜨면 아프다

화분

길가에 버려진 화분 하나
눈에 밟힌다

이른 아침 햇빛 받으러 나온 보살같이
집 앞 골목까지 따라와
나를 놓아주지 않는다

매정하게 돌려보내려는 순간
"너는 누구냐?" 나무라니
나의 얼굴이 붉어졌다

주인 없는 화분이여,
나를 환생케 하는 보살이여

목탁

목탁 안이 오래 비어서 차다

목탁 구멍에 귀 대니 목탁이 운다
다른 한쪽 귀를 가져가니 마저 운다

나의 두 귀에 그늘이 들어와 서늘해질 무렵에야
저 깊은 안으로 들어가 나도 비워질 것을,

시인과 미륵불

해 지는 자갈길 위에 서서
시인은 나의 손을 쥐고
혹(惑)한 지상에서 시상(詩想)이 무사하기를 바랐다

간혹 내 손바닥에 몇 줌의 시어를 쏟아놓으며
한 소절의 시를 써내려가다가
불현듯 그 위에 밑줄을 긋고 지우면서
다시 한 소절을 옮겨놓는다

손바닥 안은 부끄러움으로 가득 차올라
손금마다 그늘이 지고, 또한
울컥했으므로 절로 떨궈진 고개가 오래고
지친 나의 눈이 어느새 시인의 손끝을 벗어나
발끝에 머무르며 앓는다

인파는 산문(山門)을 빠져나가고
산사는 고요하고

바람 소리에 고개를 들었을 땐
저만치 어두워가는 산자락 아래
미륵불 한 점이 이쪽을 지켜보는데,

그와 눈이 마주쳐서
나의 부끄러움이 그제야 풀어졌다

나의 고향, 망월동

첫 입사 시험 때
이사장이 면접장에 나왔습니다.
"고향이 어딥니까?"
"광줍니다."
"광주 어딥니까?"
"전라도 광줍니다."
"......"
"......"
"광주가 당신 안마당이오?"
"아, 광주 망월동입니다."
"이런?"
"맞습니다. 제 고향은 전라도 광주 망월동입니다."
"당신, 여기서 나가고 싶어?"
"네?"
"나하고 지금 장난치자는 거여?"
"무슨 말씀이신지?"
"야 새꺄, 너 총 들었지?"
"네?"

"총 들었어? 안 들었어?"
"저어, 지금 면접 보러 왔는디요."
"이런 ×새끼 바라?"

바람 뒤편에 서서 눈을 비비다가
시(詩)가 바늘처럼 쏟아졌습니다.

오늘 아침, 큰 녀석이 면접을 치르러 갔습니다.

나의 고향, 망월동 당산나무에게로 가서
서른 살 딸이 무사하기를 바랐습니다.

시인의 서재에서

첫 번째 시집을 받아들던 날

그 시집을 머리맡에 내려놓고

큰 절을 세 번씩이나 하였다는 선배 시인은

하도 기쁘고 좋아서

또 이승이 아닌 듯하여 눈가를 훔쳤지만

그 투명한 눈물 자락이 손목 인대를 타고 흐르기에

다시 제 뺨을 부리나케 후려갈긴 후에야 정신을 차려보니

비로소 자신이 시인 됨을 깨달았다고 하는데,

오늘 대낮 그 시인의 서재에서

송엽주를 주고받다가

그가 문득 나의 눈 속으로 들어와 하는 말이

"박 군은 너무 늦깎이로 등단한 만큼 모든 걸 내려놓고 두

해 동안 오직 시만 쓰라." 충고하시니

내 몸이 부르르 떨리어

방바닥에 두 손을 짚고 일어서던 찰나에

어디서 날아든 한 마리 산새가 통유리창에 머리를 박아버

린다

순간,

창에 빛이 일고

서재는 고요해졌다

백양사에서

한때, 노스님 염불 소리로 들어가 철없이 세 들어 산 적이 있었다

청춘이 둠벙 썩은 물처럼 한 발자국도 나아가질 못하고 제자리만 맴돌던 시절, 혼자 세상 밖으로 뛰쳐나와 처음 산중 길을 올라가면서 내가 헤쳐 나갈 진흙 세상에 대해 눈을 뜨고 싶어 했다

한 평 남짓, 스물대여섯 된 행자와 꿈을 꾸며 일주일이 지나고 한 달이 지났지만 나는 떼를 쓰며 사흘을 더 머물렀다

나의 등을 토닥거리며 재촉하던 노스님이
"아직 쓸 만한 속가이니 이제 내려가라." 일갈(一喝)하시고
나는 공손히 무릎을 꿇고 노란 봉투의 여비를 받아 든 채
하염없이 뜨건 눈물을 흘렸다

지금도 사찰을 지날 때마다 그때의 노스님의 체온이 풍겨나온다

노스님은 열반에 들고 간신히 일가를 이룬 나는 여름 휴가의 끝자락에서 가족의 손을 이끌고 비자나무 숲 터널을 걷는다

"아직 쓸 만한 속가이니 이제 내려가라."
"아직도 진흙 세상이니 다시 올까 합니다."

속으로 되뇌며 비자나무 숲 터널을 지나 백양사 사천왕문 입구 첫 계단에 발을 딛는 나에게,
　나의 뼈아픈 청춘의 시절을 알고 있던 그가
　"여보, 들어갔다 바로 나오는 게 좋겠어요." 한다
　나의 버거운 일상을 일찍 깨우친 스무 살 딸은
　"아빠, 이곳에 마음을 내려놓고 가는 게 낫겠어요." 한다

나는 아직도 진흙 터널을 빠져나오지 못한 것일까?

푸른 나무들

서너 쪽 분량의 문장들이 눈을 훑고 지나가는 날은 두 손
바닥을 비벼 눈두덩에 갖다 대어도 눈의 피로는 풀리지 않
는다

간밤 신간 시집을 들추다가 그 자리에서 눈을 감고 아침에
눈을 뜨면 마당에 갈퀴 지나간 흔적같이 껄끄러움이 눈 속에
남는다

이런 날은 책을 던지고 산에 눈을 준다

깨알 같은 문장이 아닌, 저 먼 산정의 푸른 나무들이 나의
서가(書架)이다

고요의 시학

맹문재

1

박노식 시인의 작품들에서 '고요'는 작품의 분위기를 형성하는 토대이자 주제를 심화시키는 제재이다. 고요는 잠잠하고 조용한 상태에 머무르지 않고 작품의 무게와 깊이와 색깔과 형태를 변주시킨다. 그와 같은 면은 "산 아래 작은 마을이 항아리 안에 내려앉은 우물같이 고요하다"(「가을 저녁」)라는 면을 넘어 "가을의 고요가 먼저 내려와 눕는데 내가 서운했다"(「고요」)라거나 "저녁이면 항아리에 고인 빗물이 고요히 가라앉는 소리를 들으며 귀가 밝아졌다"(「채송화」)라고 노래한 데서 볼 수 있다.

그리하여 "고요한 곳에서 고요한 마음을 지키는 것은 참다운 고요함이 아니다. 소란한 가운데서 고요함을 지켜야만 심성의

참 경지를 얻으리라.'"는『채근담』의 한 구절이 떠오른다. 조지훈 시인은 이 말을 "고요함 속에서 몸과 마음이 고요하기는 쉽지만 이것은 참다운 고요함은 아니다. 움직이고 시끄러운 곳에서 고요함을 맛볼 줄 알아야 천성의 진실경(眞實境)이니 참 고요함이다. 대은(大隱)은 시항(市巷)에 숨는다는 옛말이 있다. 깊은 산골에 숨어 살기는 어렵지 않지만 시끄러운 저자에 숨어 살기는 쉽지 않은 까닭이다. 절간에 앉아서 도를 닦는다 하지만 그 사람이 어지러운 거리에 나오면 어떻게 될 것인가. 시끄럽고 어려운 고비에 앉혀놓아 보지 않고는 과연 그 사람이 참 고요함을 체득한 사람인지 아닌지를 모른다."²라고 설명하고 있다.

이와 같은 고요는 유학을 집대성하여 완성시킨 주자(朱子)가 인식한 것과 상통한다. 주자는 복건성 장주의 지사로 있을 때 사사한 임일지라는 제자가 존양(存養)을 위해서 고요함이 많이 필요한가를 묻자 "그렇다고만은 할 수 없다. 공자는 언제나 삶의 현장에서 제자들이 수양하도록 하였다. 지금 '고요함을 주로 삼는다'라고 하여도 그것은 사물(사람이나 사태)을 버리고 '고요함'을 구하라는 뜻이 아니다. 사람인 이상 당연히 부모를 섬기고 친구와 사귀며 처자를 사랑하고 하인들을 부리지 않으면 안된다. 설마 그런 것들을 버리고 오직 문을 닫고 정좌하며 사물이 눈앞에 닥쳤는데도 '존양'할 때까지 잠시 기다려달라고 할 수

---

1 "靜中靜非眞靜. 動處靜得來, 纔是性天之眞境." 홍자성, 『채근담』, 조지훈 역, 나남출판, 2004, 101쪽.

2 위의 책, 101~102쪽.

는 없다."³라고 대답했다. 인간의 착한 본성을 간직하고 양성하기 위해서는 사물을 버리고 고요를 구하는 차원을 넘어 실천해야 된다고 말한 것이다.

박노식 시인의 작품들에 등장하는 고요 역시 정적인 세계에 머무르지 않는다. 고요하지만 이 세계의 시끄러움을 회피하거나 무관심한 태도를 보이지 않고 오히려 품기 위해 함께한다. 배타심이나 차별성이나 경계심을 극복하고 포용하는 것이다. 시인의 고요는 평온하고 담박하면서도 풍진이 선명하고 기운이 느껴지고 그리고 따스하게 들어온다.

2

한 뼘쯤 대문이 열려 있다

감나무 그늘 안은 고요하고
현관문 앞에서 고양이는 빗자루처럼 누워 있고
빈 먹이통엔 개미 떼 소란스럽다

우체부는 몇 통의 안부를 내려놓고 우물가로 간다

---

3 "不必然. 孔子却都就用處敎人做工夫. 今雖說主靜. 然亦非棄事物以求靜. 旣爲人. 自然用事君親. 交朋友. 撫妻子. 御僮僕. 不成捐棄了. 只閉門靜坐. 事物之來. 且日候我存養." 미우라 구니오(三浦國雄) 역주, 『주자어류선집』, 이승연 역, 예문서원, 2012, 144~145쪽.

호스의 물이 뜨듯하다

"감나무 그늘 안은 고요"해서 "현관문 앞에서 고양이는 빗자루처럼 누워 있"는 시골집의 여름날 풍경은 그지없이 한가하다. 그 "고요" 속에는 어떠한 대립도 갈등도 보이지 않고 그저 평화롭기만 하다. "한 뼘쯤 대문이 열려 있"는 풍경은 정지된 것처럼 보이기도 한다.

그렇지만 작품의 화자는 그 "고요" 속에서 움직이는 존재를 발견하고 있다. 가령 "고양이"가 먹고 난 "빈 먹이통"에서 소란스러운 "개미 떼"나 "몇 통의 안부를 내려놓고 우물가로" 가는 "우체부"를 응시하고 있는 것이다. 이렇듯 화자의 관심은 조용하고 고요한 시골집의 풍경이 아니라 그 속에서 움직이는 존재들이다.

그들 중에서도 화자는 특히 "우체부"에게 눈길을 주고 있다. "고요" 속에서 부단하게 움직이는 인간 존재를 발견한 것이다. 그는 생김새가 매력적이거나 권세가 대단하거나 사회적인 지위가 높거나 경제력이 풍부한 존재처럼 보이지 않는다. 그보다는 소박하고 나약하고 박력이 없는 인상이다. 화자는 그와 같은 그를 주목한다. "몇 통의 안부를 내려놓고 우물가로" 갈 정도로 부단하게 움직이기 때문이다. 화자는 그를 애정의 눈길로 바라보며 품는데, 이와 같은 자세는 다음의 작품에서도 볼 수 있다.

외조모는 홀로 김을 매고 지게를 지고 외양간을 보살피느
라 마흔 무렵에 허리가 휘었다

　　큰 눈 깊숙이 그늘이 들어앉아 한낮의 햇빛이 다녀가도
그대로여서 내 유년의 눈빛도 그 안에서 일찍 철이 들었다

　　뒤란의 사철나무 울타리와 길게 누운 간짓대는 처마 밑에
서 늘 외로웠고 저물녘엔 나의 작은 발자국만 일없이 다녀
갔다

　　어느 외딴 농가의 뒤란이 낯익고 서글퍼서 잠시 발을 멈
추는데 울타리 사이로 내려앉은 한 줌 이끼가 나의 눈을 채
운다

―「뒤란」 전문

　위의 작품의 화자는 "어느 외딴 농가의 뒤란이 낯익고 서글퍼
서 잠시 발을 멈추"었다가 "외조모"를 떠올린다. "외조모"는 "큰
눈 깊숙이 그늘이 들어 앉아" 있을 정도로 서글프게 살았다. 또
한 "뒤란의 사철나무 울타리와 길게 누운 간짓대는 처마 밑에서
늘 외로웠"다고 기억하듯이 "외딴 농가"에서 외롭게 지냈다.

　그렇지만 작품의 화자는 그 외로움 속에서도 가만히 있지 않
고 움직인 "외조모"를 주목한다. "홀로 김을 매고 지게를 지고 외
양간을 보살피느라 마흔 무렵에 허리가 휘었"던 외할머니의 삶
을 되새기는 것이다. 그리하여 화자는 "내 유년의 눈빛도 그 안
에서 일찍 철이 들었다"고 밝힌다. 외로운 날들을 극복할 전망
이 보이지 않았지만 삶을 포기하거나 절망하지 않고 영위해나

간 외할머니를 따르는 것이다. "저물녘엔 나의 작은 발자국"을 찍는 행동도 그 모습이다.

이와 같이 작품의 화자는 우연히 외딴 농가를 지나다가 발견한 낯익은 뒤란을 바라보면서 회한에 젖지만 그것에 함몰되지는 않는다. 그보다는 "울타리 사이로 내려앉은 한 줌 이끼가 나의 눈을 채운다"고 노래한다. "이끼"는 극단적인 환경에서도 생존하는 능력을 가지고 있다. 유럽항공우주국의 실험에서는 우주 공간에서도 살아남을 수 있다는 것이 밝혀졌다. 따라서 화자가 생명력이 대단한 "이끼"를 자신의 "눈"에 담은 것은 의미하는 바가 크다. 외롭고 힘들었지만 온몸으로 생애를 밀고 나아간 외할머니를 따르려는 것이기 때문이다.

3

한빛약국 앞에서
좌판을 벌여놓고
공복의 까마귀처럼 졸고 있는
팔순 노파

낡은 파라솔 그늘엔
한 소쿠리의 밤과
플라스틱 바구니에 담긴 토란만이
행인의 눈길을 주워 담는다

어느 유명한 화가의 손끝마저 비켜 간
무정한 가을의 저녁 거리를
나는 마음에 그린다

멀리 달려오는 자동차의 전조등은 뜨겁고
앙상한 은행나무 가로수는 줄 지어 안부를 묻건만
수심이 가득한 밤과 토란의 눈망울은
어떤 그리움도 호명하지 않는다

까마귀는 외롭고
거리의 인파도 꼬리를 감추었다

나의 피로한 동공 속으로
안산(案山)의 외할머니가 성큼 들어와
지금 쓸쓸한 저녁을 주무시는 중이다

　　　　　　　　　—「쓸쓸한 저녁 거리」 전문

　위의 작품의 화자는 "한빛약국 앞에서/좌판을 벌여놓고/공복의 까마귀처럼 졸고 있는/팔순 노파"를 발견하고 "안산(案山)의 외할머니"를 떠올린다. 화자가 좌판을 차린 한 노인을 보며 자신의 외할머니를 생각하는 것은 나이나 체구나 인상이 비슷한 면도 있겠지만, 움직이는 모습을 발견했기 때문이다. "팔순 노파"는 "낡은 파라솔 그늘"에 "한 소쿠리의 밤과/플라스틱 바구니에 담긴 토란"을 놓고 "행인의 눈길을 주워 담"고 있다. 좌판에 내놓은 물건들은 다 팔아도 몇 푼 되지 않지만, 노인에게는 삶의 전부이다. 그리하여 화자는 "어느 유명한 화가의 손끝마저 비켜 간/무정한 가을의 저녁 거리"에서 그 노인을 품는 것이다.

"멀리 달려오는 자동차의 전조등은 뜨겁고/앙상한 은행나무 가로수는 줄 지어 안부를 묻건만" 노인의 분신이라고 볼 수 있는 "수심이 가득한 밤과 토란의 눈망울은/어떤 그리움도 호명하지 않는다". 진정 "밤"과 "토란"은 지나간 시간을 그리워할 여유가 없다. 그저 처한 현실에 매진할 뿐이다. 그리하여 작품의 화자는 "까마귀는 외롭고/거리의 인파도 꼬리를 감"춘 저녁인데도 자신의 분신을 내놓고 있는 그 노인을 외면하지 않는다. "피로한 동공 속으로/안산(案山)의 외할머니"를 불러들여 편안하게 "주무시"기를 바라는 것이다.

> 저만치, 장터 밖 외진 입구에
> 노파는 홀로 앉아 있다
>
> 질긴 고사리와 쭈글쭈글한 대추를 만지작거리며
> 눈은 자꾸 장터 안으로 향한다
>
> 서로 눈을 마주 보며
> 푸성귀 한 줌 흥정할 거리도 아니지만
> 인파에 밀려가는
> 나의 무릎이 아팠다
>
> 밖에서 마음 다치고 들어오는 날은
> 왠지 방 안이 낯설어
> 습관처럼 자꾸

빈 서랍만 열어본다

서랍 안이 고요해서
반질한 손잡이를 끌어당기면
대추도 아닌
고사리도 아닌
노파의 설운 손등이 눈을 가렸다

　　　　　　　　　　　　　　—「화순 장날」 전문

　위의 작품의 화자는 "저만치, 장터 밖 외진 입구에" "홀로 앉아
있"는 "노파"를 응시하고 있다. 그 노인은 "질긴 고사리와 쭈글쭈
글한 대추를 만지작거리"고 있지만 사람들은 눈길을 주지 않고
장터로 들어가자 "자꾸 장터 안"쪽을 바라본다. 화자는 "서로 눈
을 마주보며/푸성귀 한 줌 흥정할 거리"에 있지 않아 그냥 지나
치고 말았지만, 노인의 그 모습에 "인파에 밀려가는/나의 무릎
이 아"프다고 토로한다. 그뿐만 아니라 "밖에서 마음 다치고 들
어오는 날은/왠지 방안이 낯설어/습관처럼 자꾸/빈 서랍만 열
어"보는데, "대추도 아닌/고사리도 아닌/노파의 설운 손등이 눈
을 가"린다고 토로한다.

　이와 같이 화자는 좌판을 열었지만 물건을 제대로 팔지 못하
는 "노파"를 끌어안고 있다. "서랍 안이 고요해서/반질한 손잡이
를 끌어당기면" "노파의 설운 손등"이 보이듯이 화자는 마음속
에 그 노인을 들이고 있는 것이다. 그 "노파"는 제자리에 가만히
있는 것이 아니라 지극히 움직이는 존재이다. 화자는 그 노인에
게 기꺼이 다가가 함께하고 있다.

4

처마 밑,
거미는 그늘과 햇볕과 낮과 밤을 잇고 공중을 오가며 길
을 만든다

노모는 굽은 허리를 펴고 서서 걸어가는 거미를 보는데
싸리나무 빗자루가 허공을 몇 번 지나가버렸다

어느 해의 내 집에 고요한 날이 있어서
거미는
집을 짓고
쌀을 안치고
빨래를 하고
아이에게 젖을 물릴 것인가

—「거미」 전문

"처마 밑"에 있는 "거미"는 고요하지만 부단하게 움직이고 있
다. "거미는 그늘과 햇볕과 낮과 밤을 잇고 공중을 오가며 길을
만"들고 있는 것이다. 그렇지만 "거미"는 자신이 감당할 수 없는
속도를 내거나 힘을 쓰지 않는다. 그렇다고 요령을 피우거나 게
으름을 피우지도 않는다. 그저 쉬지 않고 조용히 자신의 길을
내고 있을 뿐이다.

위의 작품의 화자는 "거미"와 같은 삶을 살아온 인물로 "노모"
를 결합시키고 있다. "노모" 역시 "굽은 허리"에 이르기까지 당
신의 길을 걸어왔다. 당신의 운명을 받아들이고 "거미"처럼 고

요하게 길을 만들어온 것이다. 그러므로 "노모"가 "굽은 허리를 펴고 서서 걸어가는 거미를 보는" 동안 당신의 생애를 떠올리는 것은 이해된다.

작품의 화자는 "거미"와 "노모"의 모습에서 자신의 길까지 생각한다. "어느 해의 내 집에 고요한 날이 있어" "집을 짓고/쌀을 안치고/빨래를 하고/아이에게 젖을 물릴" 수 있을지, 부러워하며 희망하는 것이다. 그리하여 화자는 자신의 삶을 각성하고 새로운 의식을 갖는다. 자신이 감당할 수 있는 속도며 능력으로 나아가려고 하는 것이다.

작품 화자의 이와 같은 자세는 안빈낙도의 경지에는 이르지 못한다고 할지라도 의미하는 바가 크다. "가난해도 아첨하지 않고 부유해도 교만하지 않으면 어떻겠습니까?" 하고 자공이 묻자 "괜찮기는 하나 가난하면서도 낙도(樂道)하고 부유하면서도 예를 좋아하는 것만은 못하다."라고 공자가 대답했듯이[4] 군자로서 갖추어야 할 몸가짐은 대단하다. 가난하면 비굴하게 아첨하기 쉬운데도 흔들리지 않는 것을 넘어 즐겁게 살고, 부유하면 교만하기 쉬운데도 겸손한 자세를 넘어 예를 좋아하는 삶이란 훌륭하다고 볼 수 있다. 작품의 화자가 지향하는 "거미"나 "노모"의 삶 또한 그 못지않다. 그들의 삶이란 학식과 행실의 차원을 넘어 생애의 전부이기 때문이다. 그만큼 절대적이고 절실한 것이기에 화자는 정도를 벗어나지 않는 자세로써 추구하려는

---

4 "子貢曰, 貧而無諂, 富而無驕, 何如? 子曰, 可也, 未若貧而樂, 富而好禮者也." 김학주, 『논어』, 서울대학교 출판부, 1993, 112쪽.

것이다.

외할머니의 시렁은 작고 어두워 간혹 집왕거미가 내려와
머물다 가곤 했는데
저녁이면 항아리에 고인 빗물이 고요히 가라앉는 소리를
들으며 귀가 밝아졌다

이른 아침 부엌은 또 비어서 장독대 채송화만 바라보다가
산 너머 범바우골에서 호미 긁는 외할머니의 한숨 소리가
귀에 가득 차오를 때면 굳게 다문 채송화의 여린 입술을 매
만지며 나의 침묵도 시작되었다

어느 날 뙤약볕을 달려와 빈집에 이르니 텃밭 울타리의
나팔꽃은 시들고 뜨건 장독대 아래 조용한 채송화만 남아서
나를 반겨주었다

—「채송화」 전문

위의 작품의 화자는 "외할머니의 시렁은 작고 어두워 간혹 집
왕거미가 내려와 머물다 가곤 했"고 "저녁이면 항아리에 고인
빗물이 고요히 가라앉"기도 했다고 기억한다. 그리고 그 "빗물"
의 "소리를 들으며 귀가 밝아졌다"고 토로한다. "빗물"이 움직이
는 소리를 들었다는 것이다.

뿐만 아니라 작품의 화자는 "이른 아침 부엌은 또 비어서 장
독대 채송화만 바라보다가/산 너머 범바우골에서 호미 긁는 외
할머니의 한숨 소리"도 들었다. 화자는 그 소리가 "귀에 가득 차
오를 때면 굳게 다문 채송화의 여린 입술을 매만지며" "침묵"했

다. 부엌이 빌 정도로 가난한 살림을 채워보려고 "외할머니"는 "이른 아침"부터 "산 너머 범바우골"의 밭을 매었지만, 가난이 해결될 날은 아득하기만 했다. 그리하여 "외할머니"는 자신도 모르게 "한숨"을 내쉬었는데, 화자는 그 소리를 듣고 "침묵"한 것이다.

그렇지만 작품의 화자는 "뙤약볕을 달려와 빈집에 이르니 텃밭 울타리의 나팔꽃은 시들고 뜨건 장독대 아래 조용한 채송화만 남아서 나를 반겨주었다"고 노래한다. "뙤약볕" 아래에서도 시들지 않은 "채송화"가 "반겨주었다"고 인식한 것은 "외할머니의 한숨 소리"에 주눅 들었던 마음이 되살아난 것을 상징한다.

위의 작품의 서술이 "귀가 밝아졌다"로 시작해 "침묵도 시작되었다"로 바뀌었다가 다시 "반겨주었다"로 마무리된 것은 주목된다. 긍정적인 마음이 부정적으로 바뀌었다가 다시 긍정적으로 돌아왔기 때문이다. 동적인 것이 정적으로 되었다가 다시 동적인 것으로 돌아온 상태로, 화자는 절망적인 순간도 있었지만 끝내 희망을 놓지 않고 움직인 것이다.

가까운 산이 달아날 즈음 먼 산은 이미 지워져서 별 서넛
이 곧장 튀어나올 것 같다

산 아래 작은 마을이 항아리 안에 내려앉은 우물같이 고
요하다

주먹을 쥐고 펴면 고단한 소리가 난다

오늘 하루가 빠져나가서 손금이 가볍다

빈 깻대는 한낮에 잠시 비워둔 몸속으로 저녁을 들여와
마디마다 슴이 고였다

—「가을 저녁」 전문

"가까운 산이 달아날 즈음 먼 산은 이미 지워져서 별 서넛이
곧장 튀어나올 것 같"은 저녁 무렵, "산 아래 작은 마을"은 "항아
리 안에 내려앉은 우물같이 고요하"기만 하다. 하루의 일을 끝
내고 집으로 돌아온 작품의 화자가 바라보는 산골 마을은 이렇
듯 고요하다. 어슴푸레한 저녁 기운이 마을을 덮고 산을 덮고
화자의 마음을 덮는다. 하늘을 따라 하루가 저무는 것이다.

작품의 화자는 하루가 저무는 그 시간에 "주먹을 쥐고 펴면
고단한 소리가 난다"고 노래한다. 하루 종일 농사일에 매달렸음
을 알 수 있다. 그렇지만 화자는 "오늘 하루가 빠져나가서 손금
이 가볍다"라고 다시 노래한다. 농사의 힘듦을 원망하거나 싫어
하지 않고 온몸으로 다했기에 아쉬워하거나 후회하지도 않는
다. 저무는 하루를 고요하게 받아들이면서도 "빈 깻대는 한낮에
잠시 비워둔 몸속으로 저녁을 들여와 마디마다 슴이 고였다"라
고 긍정한다. 빈 몸에 저녁을 들여 삶을 영위하려는 것이다.

일찍이 주자는 움직임과 고요함의 관계를 물과 배의 관계와
같다고 설명했다. 조수가 밀려오면 움직임이고 조수가 물러나
면 움직임을 멈춘다고 본 것이다. 그런데 움직임과 고요함에는
단서가 없으므로 두 상황을 확실하게 분리할 수 없다. 사람의

호흡에 비유하면 마실 때는 고요함이고 내쉴 때는 움직임이 된다. 또 대화할 때 대답하는 것이 움직임이고 침묵하는 것이 고요함이다. 무슨 일이든 다 그렇다.[5]

인간의 삶에는 고요함 속에 움직임이 항상 존재한다. 고요함 속에 존재하는 그 움직임은 관념이나 추상이나 상상의 실재가 아니다. 언제나 같은 몸으로 보이는 우리의 육신도 흐르는 강처럼 변하고 있듯이 그 변화로 인해 우리는 생존하고 있다. 박노식 시인의 시작품들은 그 고요 속에 움직이는 존재들의 가치와 의의를 구체적으로 보여주고 있다. 인간이 지닌 착한 본성과 강인한 생명력을 정중동의 실체로 확인시켜주고 있는 것이다.

孟文在 | 문학평론가 · 안양대 교수

---

5 미우라 구니오(三浦國雄) 역주, 앞의 책, 148쪽.

1 광장으로 가는 길 | 이은봉·맹문재 엮음
2 오두막 황제 | 조재훈
3 첫눈 아침 | 이은봉
4 어쩌다가 도둑이 되었나요 | 이봉형
5 귀뚜라미 생포 작전 | 정원도
6 파랑도에 빠지다 | 심인숙
7 지붕의 등뼈 | 박승민
8 살찐 슬픔으로 돌아다니다 | 송유미
9 나를 두고 왔다 | 신승우
10 거룩한 그물 | 조항록
11 어둠의 얼굴 | 김석환
12 영화처럼 | 최희철
13 나는 너를 닮고 | 이선형
14 철새의 일인칭 | 서상규
15 죽은 물푸레나무에 대한 기억 | 권진희
16 봄에 덧나다 | 조혜영
17 무인 등대에서 휘파람 | 심창만
18 물결무늬 손뼈 화석 | 이종섶
19 맨드라미 꽃눈 | 김화정
20 그때 나는 학교에 있었다 | 박영희
21 달항지 | 이종수
22 수선집 근처 | 전다형
23 족보 | 이한걸
24 부평 4공단 여공 | 정세훈
25 음표들의 집 | 최기순
26 나는 지금 운전 중 | 윤석산
27 카페, 가난한 비 | 박석준
28 아내의 수사법 | 권혁소
29 그리움에는 바퀴가 달려 있다 | 김광렬
30 올랜도 간다 | 한혜영
31 오래된 숯가마 | 홍성운
32 엄마, 엄마들 | 성향숙
33 기룬 어린 양들 | 맹문재
34 반국 노래자랑 | 정춘근
35 여우비 간다 | 정진경
36 목련 미용실 | 이순주
37 세상을 박음질하다 | 정연홍
38 나는 지금 외출 중 | 문영규
39 안녕, 딜레마 | 정운희
40 미안하다 | 육봉수
41 엄마의 연애 | 유희주
42 외포리의 갈매기 | 강 민
43 기차 아래 사랑법 | 박관서
44 괜찮아 | 최은묵
45 우리집에 왜 왔니? | 박미라
46 달팽이 뿔 | 김준태
47 세온도를 그리다 | 정선호
48 너덜겅 편지 | 김 완
49 찬란한 봄날 | 김유섭
50 웃기는 짬뽕 | 신미균
51 일인분이 일인분에게 | 김은정
52 진뫼로 간다 | 김도수
53 터무니 있다 | 오승철
54 바람의 구문론 | 이종섶
55 나는 나의 어머니가 되어 | 고현혜
56 천만년이 내린다 | 유승도
57 우포늪 | 손남숙
58 봄들에서 | 정일남
59 사람이나 꽃이나 | 채상근
60 서리꽃은 왜 유리창에 피는가 | 임 윤
61 마당 깊은 꽃집 | 이주희
62 모래 마을에서 | 김광렬
63 나는 소금쟁이다 | 조계숙
64 역사를 외다 | 윤기묵
65 돌의 연가 | 김석환
66 숲 거울 | 차옥혜
67 마네킹도 옷을 갈아입는다 | 정대호
68 별자리 | 박경조
69 눈물도 때로는 희망 | 조선남
70 슬픈 레미콘 | 조 원
71 여기 아닌 곳 | 조항록
72 고래는 왜 강에서 죽었을까 | 제리안
73 한생을 톡 토톡 | 공혜경
74 고갯길의 신화 | 김종상
75 고개 숙인 모든 것 | 박노식
76 너를 놓치다 | 정일관
77 눈 뜨는 달력 | 김 선
78 거꾸로 서서 생각합니다 | 송정섭

79 시절을 털다 | 김금희
80 발에 차이는 돌도 경전이다 | 김윤현
81 성규의 집 | 정진남
82 번함 공원에서 점을 보다 | 정선호
83 내일은 무지개 | 김광렬
84 빗방울 화석 | 원종태
85 동백꽃 편지 | 김종숙
86 달의 알리바이 | 김춘남
87 사랑할 게 딱 하나만 있어라 | 김형미
88 건너가는 시간 | 김황흠
89 호박꽃 엄마 | 유순예
90 아버지의 귀 | 박원희
91 금왕을 찾아가며 | 전병호
92 그대도 내겐 바람이다 | 임미리
93 불가능을 검색한다 | 이인호
94 너를 사랑하는 힘 | 안효희
95 늦게나마 고마웠습니다 | 이은래
96 버릴까 | 홍성운
97 사막의 사랑 | 강계순
98 베트남, 내가 두고 온 나라 | 김태수
99 다시 첫사랑을 노래하다 | 신동원
100 즐거운 광장 | 백무산 · 맹문재 엮음
101 피어라 모든 시냥 | 김자흔
102 염소와 꽃잎 | 유진택
103 소란이 환하다 | 유희주
104 생리대 사회학 | 안준철
105 동태 | 박상화
106 새벽에 깨어 | 여국현
107 씨앗의 노래 | 차옥혜
108 한 잎 | 권정수
109 촛불을 든 아들에게 | 김창규
110 얼굴, 잘 모르겠네 | 이복자
111 너도꽃나무 | 김미선
112 공중에 갇히다 | 김덕근
113 새점을 치는 저녁 | 주영국
114 노을의 시 | 권서각
115 가로수의 수학 시간 | 오새미
116 염소가 아니어서 다행이야 | 성향숙
117 마지막 버스에서 | 허윤설
118 장생포에서 | 황주경
119 흰 말채나무의 시간 | 최기순
120 을의 소심함에 대한 옹호 | 김민휴
121 격렬한 대화 | 강태승
122 시인은 무엇으로 사는가 | 강세환
123 연두는 모른다 | 조규남
124 시간의 색깔은 자신이 지향하는 빛깔로 간다
    | 박석준
125 뼈의 노래 | 김기홍
126 가끔은 길이 없어도 가야 할 때가 있다
    | 정대호
127 중심은 비어 있었다 | 조성웅
128 꽃나무가 중얼거렸다 | 신준수
129 헬리패드에 서서 | 김용아
130 유랑하는 달팽이 | 이기헌
131 수제비 먹으러 가자는 말 | 이명윤
132 단풍 콩잎 가족 | 이 철
133 먼 길을 돌아왔네 | 서숙희
134 새의 식사 | 김옥숙
135 사북 골목에서 | 맹문재
136 왜 네가 아니면 전부가 아닌지 | 정운희
137 멸종위기종 | 원종태
138 프엉꽃이 데려온 여름 | 박경자
139 물소의 춤 | 강현숙
140 목포, 에말이요 | 최기종
141 식물성 구체시 | 고 원
142 꼬치 아파 | 윤임수
143 아득한 집 | 김정원
144 여기가 막장이다 | 정연수
145 곡선을 기르다 | 오새미
146 사랑이 가끔 나를 애인이라고 부른다
    | 서화성
147 더글러스 퍼 널빤지에게 | 백수인
148 나는 누구의 바깥에 서 있는 걸까 | 박은주
149 풀이라서 다행이다 | 한영희